Des Sociétés Humaines

Auguste Comte

Edition : Culturea (culurea.fr), 34 Hérault
Contact : infos@culturea.fr
Impression : BOD, Norderstedt (Allemagne)
ISBN :9791041831302
Date de publication : juillet 2023
Mise en page et maquettage : https://reedsy.com/
Cet ouvrage a été composé avec la police Bauer Bodoni

des sociétés humaines

Considérations préliminaires sur la statique sociale, ou théorie générale de l'ordre spontané des sociétés humaines.

D'après les divers motifs essentiels indiqués dans l'avantdernière leçon, la partie spécialement dynamique de la science sociale doit nécessairement attirer, d'une manière prépondérante et même presque exclusive, notre attention directe et explicite: nonseulement parce que l'intérêt plus puissant et plus immédiat qu'elle inspire naturellement, surtout aujourd'hui, permet de mieux apprécier son vrai caractère philosophique; mais aussi en vertu de l'aptitude spontanée des phénomènes du mouvement à manifester, avec une plus irrésistible évidence, les lois réelles de la solidarité fondamentale. Néanmoins, le traité méthodique et spécial de philosophie politique, annoncé au début de ce volume, devra ultérieurement contenir une analyse approfondie et développée de l'ensemble des conditions quelconques d'existence communes à toutes les sociétés humaines, et des lois d'harmonie correspondantes, avant de procéder à l'étude propre des lois de succession. Quoique les limites naturelles de ce volume, et la destination plus générale du Traité dont il fait partie, doivent essentiellement m'interdire ici cette importante opération préalable, je crois devoir consacrer cependant la leçon actuelle à présenter sommairement, sur ce premier aspect élémentaire de la physique sociale, quelques considérations préliminaires, sans lesquelles la suite de notre travail ne saurait être convenablement comprise, en les restreignant d'ailleurs aux indications les plus indispensables, et laissant au lecteur à compléter luimême graduellement ces notions statiques, autant que le comporte l'état naissant de la science, à mesure que nous apprécierons ensuite le développement historique de l'humanité.

Malgré son inévitable rapidité actuelle, cet indispensable préambule statique ne peut atteindre suffisamment son but rationnel qu'en étant déjà conçu ici d'après la même marche scientifique qui devra ultérieurement diriger, sur une plus grande échelle, une telle analyse sociologique. Cette marche consiste surtout à examiner successivement les trois ordres principaux de considérations sociologiques, de plus en plus composées et spéciales, qui s'enchaînent nécessairement en un tel sujet, en appréciant les conditions générales d'existence sociale relatives d'abord à l'individu, ensuite à la famille, et enfin à la société proprement dite, dont la notion, parvenue à son entière extension scientifique, tend à embrasser la totalité de l'espèce humaine, et principalement l'ensemble de la race blanche.

En ce qui concerne l'individu, nous pouvons préalablement écarter ici, comme devenue aujourd'hui heureusement superflue pour tous les esprits éclairés, toute démonstration formelle de la sociabilité fondamentale de l'homme. La théorie cérébrale de l'illustre

Gall, aura surtout rendu, sous ce rapport, un immense service philosophique, en dissipant à jamais, par les seules voies maintenant capables de produire une conviction réelle et durable, les aberrations métaphysiques du siècle dernier sur ce sujet capital, déjà empiriquement signalées d'après l'exploration spéciale et directe de l'état sauvage. Cette théorie a nonseulement établi scientifiquement l'irrésistible tendance sociale de la nature humaine; elle a même détruit les fausses appréciations qui avaient systématiquement conduit à la méconnaître; et qui consistaient principalement, d'une part, à attribuer aux combinaisons intellectuelles une chimérique prépondérance dans la conduite générale de la vie humaine, pendant que, d'une autre part, on exagérait, au degré le plus absurde, l'influence absolue des besoins sur la prétendue création des facultés. Outre cette précieuse analyse biologique, une simple considération de philosophie sociologique, que je crois utile d'indiquer ici, suffirait à mettre directement en évidence la haute irrationnalité nécessaire de l'étrange doctrine qui fait uniquement dériver l'état social de l'utilité fondamentale que l'homme en retire pour la satisfaction plus parfaite de ses divers besoins individuels. Car, cette incontestable utilité, quelque influence qu'on lui suppose, n'a pu réellement se manifester qu'après un long développement préalable de la société dont on lui attribue ainsi la création. Un tel cercle vicieux paraîtra d'autant plus décisif que l'on réfléchira davantage aux vrais caractères de la première enfance de l'humanité, où les avantages individuels de l'association sont éminemment douteux, si même on ne peut dire, en beaucoup de cas, qu'elle augmente bien moins les ressources que les charges, comme on ne le voit encore que trop dans les derniers rangs des sociétés les plus avancées. Il est donc pleinement évident que l'état social n'eût jamais existé, s'il n'avait pu résulter que d'une conviction quelconque de son utilité individuelle, puisque cette conviction, bien loin de pouvoir précéder l'établissement d'un tel mode d'existence, quelque habileté qu'on supposât même à ceux auxquels on attribue ce chimérique calcul, n'a pu, au contraire, commencer à se développer graduellement que d'après l'accomplissement déjà très avancé de l'évolution sociale. Ce sentiment est encore assez faiblement enraciné, pour que, de nos jours, d'audacieux sophistes aient pu, sans être réputés aliénés, tenter directement de l'ébranler, en niant dogmatiquement une semblable utilité, par un déplorable abus de la liberté nécessairement issue de notre anarchie intellectuelle. La sociabilité essentiellement spontanée de l'espèce humaine, en vertu d'un penchant instinctif à la vie commune, indépendamment de tout calcul personnel, et souvent malgré les intérêts individuels les plus énergiques, ne saurait donc être désormais aucunement contestée, en principe, par ceuxlà même qui ne prendraient point en suffisante considération les lumières indispensables que fournit maintenant, à ce sujet, la saine théorie biologique de notre nature intellectuelle et morale. Je ne saurais d'ailleurs m'arrêter ici à la moindre appréciation directe des divers caractères spécifiques, soit physiques, soit moraux, soit intellectuels, qui, une fois l'existence sociale ainsi spontanément établie, tendent naturellement à lui faire bientôt acquérir plus d'étendue et de stabilité, par le développement même qu'elle procure à l'ensemble des besoins humains. Ces différentes explications élémentaires, d'ailleurs utilement ébauchées par la physiologie actuelle, ne sauraient convenir qu'à un traité spécial: elles surchargeraient évidemment un volume déjà trop étendu. En les supposant ici suffisamment effectuées, comme le permet essentiellement l'état présent de nos connaissances biologiques, je dois seulement avertir, en général, qu'on y attribue d'ordinaire une importance exagérée à la considération isolée de chaque condition propre, surtout en ce qui concerne les caractères purement physiques, même ceux dont l'influence sociale est la plus irrécusable, comme la nudité naturelle de l'homme, son enfance moins protégée et plus prolongée, etc. Quelle que soit la puissance réelle propre à chacune de ces diverses conditions, et spécialement à cette dernière circonstance, pour fortifier et développer notre sociabilité spontanée, c'est principalement leur ensemble total qu'il conviendrait d'apprécier, comme seul pleinement caractéristique, puisque la plupart de ces particularités se retrouvent d'ailleurs séparément chez d'autres espèces sociables, sans y produire des effets semblables. En général, toute cette partie préliminaire de la sociologie pourra être un jour très utilement éclairée par l'analyse comparative des différentes sociétés animales, comme je l'ai indiqué dans l'avantdernier chapitre.

Sans insister ici sur cette appréciation trop spéciale, il importe seulement à mon objet principal de signaler, d'après l'ensemble d'une telle opération, l'influence nécessaire des plus importans attributs généraux de notre nature pour donner à la société humaine le caractère fondamental qui lui appartient constamment, et que son développement quelconque ne saurait jamais altérer. Il faut, à cet effet, considérer d'abord cette énergique prépondérance des facultés affectives sur les facultés intellectuelles, qui, moins prononcée chez l'homme qu'en aucun autre animal, détermine cependant, avec tant d'évidence, la première notion essentielle sur notre véritable nature, aujourd'hui si heureusement représentée, à cet égard, par l'ensemble de la physiologie cérébrale, ainsi que nous l'avons reconnu à la fin du volume précédent.

Quoique la continuité d'action constitue certainement, en un genre quelconque, une indispensable condition préalable de succès réel, l'homme cependant, comme tout autre animal, répugne spontanément à une telle persévérance, et ne trouve d'abord un vrai plaisir dans l'exercice de son activité propre qu'autant qu'elle est suffisamment variée: cette diversité importe même, sous ce rapport, davantage que la modération d'intensité, surtout dans les cas les plus ordinaires, où aucun instinct n'est hautement prononcé. Les facultés intellectuelles étant naturellement les moins énergiques, leur activité, pour peu qu'elle se prolonge identiquement à un certain degré, détermine, chez la plupart des hommes, une véritable fatigue, bientôt insupportable: aussi estce principalement à leur exercice que s'applique ce dolce far niente, dont tous les âges de la civilisation ont partout reproduit, sous des formes plus ou moins naïves, l'expression universelle et caractéristique. Néanmoins, c'est surtout de l'usage convenablement opiniâtre de ces hautes facultés que doivent évidemment dépendre, pour l'espèce comme pour l'individu, les modifications graduelles de l'existence humaine pendant le cours naturel de notre évolution sociale: en sorte que, par une déplorable coïncidence, l'homme a précisément le plus besoin du genre d'activité auquel il est le moins propre. Les imperfections physiques et les nécessités morales de sa condition lui imposent, plus impérieusement qu'à aucun autre animal, l'indispensable obligation d'employer constamment son intelligence à améliorer sa situation primitive; aussi estil, à cet effet, le plus intelligent de tous les animaux, en quoi l'on doit, sans doute, reconnaître une certaine harmonie: mais cette harmonie, comme toutes les autres corelations réelles, est extrêmement imparfaite; puisque l'intelligence de l'homme est fort loin d'être spontanément assez prononcée pour que son exercice un peu soutenu puisse être habituellement supporté sans une irrésistible fatigue, qu'une stimulation énergique et constante peut seule prévenir ou tempérer. Au lieu de déplorer vainement cette insurmontable discordance, nous devons la noter comme un premier document essentiel fourni à la sociologie par la biologie, et qui doit radicalement influer sur le caractère général des sociétés humaines, indépendamment de la puissance évidente que nous reconnaîtrons à une pareille cause, dans la leçon suivante, pour concourir à la détermination fondamentale de la vitesse ou plutôt de la lenteur de notre évolution sociale. Il en résulte immédiatement ici que presque tous les hommes sont, par leur nature, éminemment impropres au travail intellectuel, et voués essentiellement à une activité matérielle: en sorte que l'état spéculatif, de plus en plus indispensable, ne peut être convenablement produit et surtout maintenu chez eux, que d'après une puissante impulsion hétérogène, sans cesse entretenue par des penchans moins élevés mais plus énergiques. Quelle que soit, à cet égard, la haute importance des nombreuses différences individuelles, elles consistent nécessairement en une simple inégalité de degré, comme en tout autre cas, sans que les plus éminentes natures soient jamais vraiment affranchies de cette commune obligation. Sous ce rapport, les hommes peuvent être surtout classés scientifiquement suivant la noblesse ou la spécialité croissantes des facultés affectives par lesquelles est effectivement produite l'excitation intellectuelle. En parcourant l'échelle générale ascendante de cet ensemble de facultés diverses, d'après la lumineuse théorie de Gall, on voit aisément que, chez le plus grand nombre des hommes, la tension intellectuelle n'est habituellement entretenue, comme chez les animaux, sauf quelques rares et courts élans de cette activité purement spéculative qui caractérise toujours le type humain, que par la stimulation grossière mais énergique dérivée des besoins fondamentaux de la vie organique, et des instincts les plus universels de la vie animale, dont les organes appartiennent essentiellement à la partie postérieure du cerveau. La nature individuelle de l'homme devient, en général, d'autant plus éminente, que cette indispensable excitation étrangère résulte de penchans plus élevés, plus particuliers à notre espèce, et dont le siége anatomique réside dans les portions de l'encéphale de plus en plus rapprochées de la partie antérosupérieure de la région frontale, sans que cependant l'activité purement spontanée de cette noble région soit jamais assez prononcée, même dans les cas les plus exceptionnels, pour n'exiger aucune autre impulsion, au moins jusqu'à ce que l'habitude de la méditation soit devenue convenablement prépondérante, ce qui est d'ailleurs infiniment rare.

Pour prévenir toute fausse appréciation philosophique de cette évidente infériorité fondamentale des facultés intellectuelles, qui, chez le premier des animaux, subordonne nécessairement leur activité soutenue à l'indispensable excitation prépondérante des facultés affectives les plus vulgaires, il importe maintenant d'ajouter que l'on peut seulement regretter, à ce sujet, le degré réel d'une telle infériorité, dont la notion générale ne saurait d'ailleurs comporter aucune réclamation rationnelle. L'économie sociale serait, sans doute, bien plus satisfaisante, si, dans la nature essentielle de l'homme, cette prépondérance des passions pouvait être moins prononcée, ce que notre imagination peut aisément supposer. Mais si cette diminution idéale s'étendait jusqu'à l'inversion totale d'une pareille constitution, en concevant transporté aux facultés intellectuelles l'ascendant spontané de nos facultés affectives, cette nouvelle disposition de notre nature, bien loin de perfectionner réellement l'organisme social, en rendrait la notion radicalement inintelligible: comme si (par une métaphore utile quoique grossière), à force d'amoindrir le frottement sur nos routes, on pouvait parvenir à l'y éteindre entièrement, ce qui, au lieu d'y améliorer la locomotion, en rendrait le mécanisme aussitôt contradictoire aux lois les plus fondamentales du mouvement. Car, la prépondérance actuelle de nos facultés affectives n'est pas seulement indispensable pour retirer continuellement notre faible intelligence de sa léthargie native, mais aussi pour donner à son activité quelconque un but permanent et une direction déterminée, sans lesquels elle s'égarerait nécessairement en de vagues et incohérentes spéculations abstraites, ainsi que je l'ai indiqué au volume précédent, à moins de supposer à notre entendement une force tellement supérieure que nous ne saurions en concevoir la moindre idée nette, lors même que nous imaginerions la région frontale devenue prépondérante dans l'ensemble du cerveau humain. Les plus mystiques efforts de l'extase théologique, pour s'élever à la notion de purs esprits, entièrement affranchis de tous besoins organiques, et étrangers à toutes les passions animales et humaines, n'ont effectivement abouti, chez les plus hautes intelligences, comme chacun peut aisément le reconnaître, qu'à la simple représentation d'une sorte d'idiotisme transcendant, éternellement absorbé par une contemplation essentiellement vaine et presque stupide de la majesté divine: tant les plus utopiques rêveries sont inévitablement subordonnées à l'empire irrésistible de la réalité, dûtelle rester inaperçue ou méconnue. Ainsi, sous ce premier aspect capital, l'économie élémentaire de notre organisme social est nécessairement ce qu'elle doit être, sauf le degré qui seul pourrait être autrement conçu, sans qu'il convienne d'ailleurs de se livrer à de stériles regrets sur cette exhorbitante prépondérance de la vie affective comparée à la vie intellectuelle. Il faut enfin reconnaître, à ce sujet, que nous pouvons effectivement, entre d'étroites limites, diminuer graduellement un tel ascendant nécessaire, ou plutôt que cette faible rectification résulte spontanément du développement continu de la civilisation humaine, qui, par l'exercice toujours croissant de notre intelligence, tend de plus en plus à lui subordonner nos penchans, comme je l'indiquerai plus spécialement au chapitre suivant, quoique, du reste, on n'ait certes jamais à craindre, sous ce rapport, l'inversion réelle de l'ordre fondamental.

Le second caractère essentiel auquel nous devons avoir égard pour l'appréciation sociologique préliminaire de notre nature individuelle, consiste en ce que, outre l'ascendant général de la vie affective sur la vie intellectuelle, les instincts les moins élevés, les plus spécialement égoïstes, ont, dans l'ensemble de notre organisme moral, une irrécusable prépondérance sur les plus nobles penchans, directement relatifs à la sociabilité. Nous sommes heureusement dispensés aujourd'hui de discuter méthodiquement les aberrations et les sophismes métaphysiques qui, dans le siècle dernier, s'efforçaient de réduire dogmatiquement au seul égoïsme le système de notre nature morale, en méconnaissant radicalement cette admirable spontanéité qui nous fait irrésistiblement compatir aux douleurs quelconques de tous les êtres sensibles, et surtout de nos semblables, aussi bien que participer involontairement à leurs joies, au point d'oublier quelquefois en leur faveur le soin continu de notre propre conservation. L'école écossaise avait déjà utilement ébauché la réfutation de ces dangereuses extravagances: mais la physiologie cérébrale en a surtout fait, de nos jours, irrévocablement justice, en leur substituant à jamais une plus fidèle représentation de la nature humaine. Quelle que soit l'importance capitale de cette indispensable rectification, sans laquelle notre existence morale serait nécessairement inintelligible, il faut néanmoins reconnaître, d'après cette saine théorie biologique de l'homme, que nos diverses affections sociales sont malheureusement très inférieures en persévérance et en énergie à nos affections purement personnelles, quoique le bonheur commun doive surtout dépendre de la satisfaction continue des premières, qui seules, après nous avoir spontanément conduits d'abord à l'état social, le maintiennent essentiellement d'ordinaire contre la divergence fondamentale des plus puissans instincts individuels. En appréciant convenablement la haute influence sociologique de cette dernière grande donnée biologique, on doit d'abord concevoir, comme envers la première, la nécessité radicale d'une telle condition, dont le degré seul peut être raisonnablement déploré. Par des motifs essentiellement analogues à ceux de l'explication précédente, il est aisé de comprendre, en effet, que cette indispensable prépondérance des instincts personnels peut seule imprimer à notre existence sociale un caractère nettement déterminé et fermement soutenu, en assignant un but permanent et énergique à l'emploi direct et continu de notre activité individuelle. Car, malgré les justes plaintes auxquelles peut donner lieu l'ascendant exagéré des intérêts privés sur les intérêts publics, il demeure incontestable que la notion de l'intérêt général ne saurait avoir aucun sens intelligible sans celle de l'intérêt particulier, puisque la première ne peut évidemment résulter que de ce que la seconde offre de commun chez les divers individus. Quelle que pût être la puissance des affections sympathiques, dans une idéale rectification de notre nature, nous ne saurions cependant jamais souhaiter habituellement pour les autres que ce que nous désirons pour nousmêmes, sauf les cas très rares et fort secondaires où un raffinement de délicatesse morale, essentiellement impossible sans l'habitude de la méditation intellectuelle, peut nous faire suffisamment apprécier, à l'égard d'autrui, des moyens de bonheur auxquels nous n'attachons plus presque aucune importance personnelle. Si donc on pouvait supprimer en nous la prépondérance nécessaire des instincts personnels, on aurait radicalement détruit notre nature morale au lieu de l'améliorer, puisque les affections sociales, dèslors privées d'une indispensable direction, tendraient bientôt, malgré cet hypothétique ascendant, à dégénérer en une vague et stérile charité, inévitablement dépourvue de toute grande efficacité pratique. Quand la morale des peuples avancés nous a prescrit, en général, la stricte obligation d'aimer nos semblables comme nousmêmes 34, elle a formulé, de la manière la plus admirable, le précepte le plus fondamental, avec ce juste degré d'exagération qu'exige nécessairement l'indication d'un type quelconque, audessous duquel la réalité ne sera jamais que trop maintenue. Mais, dans ce sublime précepte, l'instinct personnel ne cesse point de servir de guide et de mesure à l'instinct social, comme l'exigeait la nature du sujet: de toute autre manière, le but du principe eût été essentiellement manqué; car, en quoi et comment celui qui ne s'aimerait point pourraitil aimer autrui? Ainsi, bien loin que la constitution de l'homme soit, à cet égard, radicalement vicieuse, on voit, au contraire, qu'il serait impossible de concevoir nettement, à l'ensemble des affections sociales, aucune autre destination réelle que celle de tempérer et de modifier, à un degré plus ou moins profond, le système des penchans personnels, dont la prépondérance habituelle est aussi indispensable qu'inévitable, sans quoi l'existence sociale ne saurait avoir qu'un caractère vague et indéterminé, qui repousserait toute prévoyance régulière de la série des actions humaines. Il n'y a donc de vraiment regrettable, sous ce rapport, comme sous le premier point de vue cidessus examiné, que la trop faible intensité effective de ce modérateur nécessaire, dont la voix est si souvent étouffée, même chez les meilleurs naturels, où il parvient si rarement à commander directement la conduite. En ce sens, seul admissible, on doit concevoir, d'après un judicieux rapprochement de ces deux cas, l'instinct sympathique et l'activité intellectuelle comme destinés surtout à suppléer mutuellement à leur commune insuffisance sociale. On peut dire, en effet, que si l'homme devenait plus bienveillant, cela équivaudrait essentiellement, dans la pratique sociale, à le supposer plus intelligent, nonseulement en vertu du meilleur emploi qu'il ferait alors spontanément de son intelligence réelle, mais aussi en ce que celleci ne serait plus autant absorbée par la discipline, indispensable quoique imparfaite, qu'elle doit s'efforcer d'imposer constamment à l'énergique prépondérance spontanée des penchans égoïstes. Mais la relation n'est pas moins exacte réciproquement, bien qu'elle y doive être moins appréciable; car, tout vrai développement intellectuel équivaut finalement, pour la conduite générale de la vie humaine, à un accroissement direct de la bienveillance naturelle, soit en augmentant l'empire de l'homme sur ses passions, soit en rendant plus net et plus vif le sentiment habituel des réactions déterminées par les divers contacts sociaux. Si, sous le premier aspect, on doit hautement reconnaître qu'aucune grande intelligence ne saurait se développer convenablement sans un certain fond de bienveillance universelle, qui peut seul procurer à son libre élan un but assez éminent et un assez large exercice, de même, en sens inverse, il ne faut pas douter davantage que tout noble essor intellectuel ne tende directement à faire prévaloir les sentimens de sympathie générale, nonseulement en écartant les impulsions égoïstes, mais encore en inspirant habituellement, en faveur de l'ordre fondamental, une sage prédilection spontanée, qui, malgré sa froideur ordinaire, peut aussi heureusement concourir au maintien de la bonne harmonie sociale que des penchans plus vifs et moins opiniâtres. Les reproches moraux qu'on a le plus justement adressés à la culture intellectuelle, ne me paraissent, en général, même abstraction faite de toute exagération irrationnelle, reposer essentiellement que sur une fausse appréciation philosophique: au lieu de convenir au développement propre de l'intelligence, ils s'appliquent réellement, au contraire, dans la plupart des cas, à des intelligences trop inférieures à leurs fonctions sociales, et dont la spontanéité peu prononcée a davantage exigé la stimulation factice due aux penchans les plus énergiques, c'estàdire aux moins désintéressés. On ne peut donc plus contester la double harmonie continue qui rattache directement l'un à l'autre les deux principaux modérateurs de la vie humaine, l'activité intellectuelle et l'instinct social, dont l'influence fondamentale, quoique ainsi fortifiée, reste néanmoins, de toute nécessité, toujours plus ou moins subalterne envers l'inévitable prépondérance de l'instinct personnel, indispensable moteur primitif de l'existence réelle. La première destination de la morale universelle, en ce qui concerne l'individu, consiste surtout à augmenter autant que possible cette double influence modératrice, dont l'extension graduelle constitue aussi le premier résultat spontané du développement général de l'humanité, comme l'indiquera plus spécialement la leçon suivante.

Note 34: (retour) A cette belle formule usuelle, le respectable Tracy croyait devoir hautement préférer la formule indéterminée de saint Jean: Aimezvous les uns les autres. Cette étrange prédilection n'est, à vrai dire, qu'un nouveau témoignage involontaire de la tendance caractéristique aux conceptions vagues et absolues, que toute philosophie métaphysique inspire spontanément, même aux meilleurs esprits.

Telles sont donc, sous le premier aspect élémentaire, les deux sortes de conditions naturelles dont la combinaison détermine essentiellement le caractère fondamental de notre existence sociale. D'une part, l'homme ne peut être heureux, même abstraction faite des impérieuses nécessités de sa subsistance matérielle, que d'après un travail soutenu, plus ou moins dirigé par l'intelligence; et cependant l'exercice intellectuel lui est spontanément antipathique: il n'y a et ne doit y avoir de profondément actif en lui que les facultés purement affectives, dont la prépondérance nécessaire fixe le but et la direction de l'état social. En même temps, dans l'économie réelle de cette vie affective, les penchans sociaux sont les seuls éminemment propres à produire et à maintenir le bonheur privé, puisque leur essor simultané, loin d'être contenu par aucun antagonisme individuel, se fortifie directement, au contraire, de son extension graduelle: et, néanmoins, l'homme est et doit être essentiellement dominé par l'ensemble de ses instincts personnels, seuls vraiment susceptibles d'imprimer à la vie sociale une impulsion constante et un cours régulier. Cette double opposition nous indique déjà le véritable germe scientifique de la lutte fondamentale, dont nous devrons bientôt considérer le développement continu, entre l'esprit de conservation et l'esprit d'amélioration, le premier nécessairement inspiré surtout par les instincts purement personnels, et le second par la combinaison spontanée de l'activité intellectuelle avec les divers instincts sociaux 35.

Note 35: (retour) On croit le plus souvent, au contraire, que l'esprit d'innovation résulte surtout des instincts essentiellement personnels. Mais cette illusion ne tient qu'à la fausse appréciation des nombreuses réactions intellectuelles et sociales que détermine nécessairement une civilisation très développée, dans les actes même qui paraissent les plus simples produits d'un égoïsme direct. Sauf l'inévitable agitation périodiquement suscitée par les premiers besoins matériels, l'homme isolé, et dont l'intelligence n'a point été éveillée, est, de sa nature, comme tout autre animal, éminemment conservateur. Ce sont, d'ordinaire, les inépuisables désirs inspirés par les rapprochemens sociaux, et l'inquiète prévoyance de notre intelligence, qui suggèrent principalement le besoin et la pensée des changemens graduels de la condition humaine. En toute autre hypothèse, l'évolution sociale eût été certes infiniment plus rapide que l'histoire ne nous l'indique, si son essor avait pu dépendre surtout des instincts les plus énergiques, au lieu d'avoir à lutter contre l'inertie politique qu'ils tendent spontanément à produire dans la plupart des cas.
Nous devons maintenant procéder à une pareille appréciation scientifique envers le second ordre général, signalé au début de ce chapitre, des considérations élémentaires de statique sociale, c'estàdire quant à celles qui concernent la famille proprement dite, après avoir ainsi suffisamment examiné, pour notre objet principal, les notions directement relatives à l'individu, et avant de passer aux explications définitives immédiatement propres à la société générale.

Un système quelconque devant nécessairement être formé d'élémens qui lui soient essentiellement homogènes, l'esprit scientifique ne permet point de regarder la société humaine comme étant réellement composée d'individus. La véritable unité sociale consiste certainement dans la seule famille, au moins réduite au couple élémentaire qui en constitue la base principale. Cette considération fondamentale ne doit pas seulement être appliquée en ce sens physiologique, que les familles deviennent des tribus, comme cellesci des nations; en sorte que l'ensemble de notre espèce pourrait être conçu comme le développement graduel d'une famille primitivement unique, si les diversités locales n'opposaient point trop d'obstacles à une telle supposition. Nous devons ici envisager surtout cette notion élémentaire sous le point de vue politique, en ce que la famille présente spontanément le véritable germe nécessaire des diverses dispositions essentielles qui caractérisent l'organisme social. Une telle conception constitue donc, par sa nature, un intermédiaire indispensable entre l'idée de l'individu et celle de l'espèce ou de la société. Il y aurait autant d'inconvéniens scientifiques à vouloir le franchir dans l'ordre spéculatif, qu'il y a de dangers réels, dans l'ordre pratique, à prétendre aborder directement la vie sociale sans l'inévitable préparation de la vie domestique. Sous quelque aspect qu'on l'envisage, cette transition nécessaire se reproduit toujours, soit quant aux notions élémentaires de l'harmonie fondamentale, soit pour l'essor spontané des sentimens sociaux. C'est par là seulement que l'homme commence réellement à sortir de sa pure personnalité, et qu'il apprend d'abord à vivre dans autrui, tout en obéissant à ses instincts les plus énergiques. Aucune autre société ne saurait être aussi intime que cette admirable combinaison primitive, où s'opère une sorte de fusion complète de deux natures en une seule. Par l'imperfection radicale du caractère humain, les divergences individuelles sont habituellement trop prononcées pour comporter, en aucun autre cas, une association aussi profonde. L'expérience ordinaire de la vie ne confirme que trop, en effet, que les hommes ont besoin de ne point vivre entre eux d'une manière trop familière, afin de pouvoir supporter mutuellement les diverses infirmités fondamentales de notre nature morale, soit intellectuelle, soit surtout affective. On sait que les communautés religieuses ellesmêmes, malgré la haute puissance du lien spécial qui les unissait, étaient intérieurement tourmentées par de profondes discordances habituelles, qu'il est essentiellement impossible d'éviter quand on veut réaliser la conciliation chimérique de deux qualités aussi incompatibles que l'intimité et l'extension des relations humaines. Cette parfaite intimité n'a pu même s'établir dans la simple famille que d'après l'énergique spontanéité du but commun, combinée avec l'institution non moins naturelle d'une indispensable subordination. Quelques vaines notions qu'on se forme aujourd'hui de l'égalité sociale, toute société, même la plus restreinte, suppose, par une évidente nécessité, nonseulement des diversités, mais aussi des inégalités quelconques: car il ne saurait y avoir de véritable société sans le concours permanent à une opération générale, poursuivie par des moyens distincts, convenablement subordonnés les uns aux autres. Or la plus entière réalisation possible de ces conditions élémentaires appartient inévitablement à la seule famille, où la nature a fait tous les frais essentiels de l'institution. Ainsi, malgré les justes reproches qu'a pu souvent mériter, à divers titres, une abusive prépondérance passagère de l'esprit de famille, il n'en constituera pas moins toujours, et à tous égards, la première base essentielle de l'esprit social, sauf les modifications régulières qu'il doit graduellement subir par le cours spontané de l'évolution humaine. Les graves atteintes que reçoit directement aujourd'hui cette institution fondamentale, doivent donc être regardées comme les plus effrayans symptômes de notre tendance transitoire à la désorganisation sociale. Mais, de telles attaques, suite naturelle de l'inévitable exagération de l'esprit révolutionnaire en vertu de notre anarchie intellectuelle, ne sont surtout véritablement dangereuses qu'à cause de l'impuissante décrépitude actuelle des croyances sur lesquelles on fait encore exclusivement reposer les idées de famille, comme toutes les autres notions sociales. Tant que la double relation essentielle qui constitue la famille continuera à n'avoir d'autres bases intellectuelles que les doctrines religieuses, elle participera nécessairement, à un degré quelconque, au discrédit croissant que de tels principes doivent irrévocablement éprouver dans l'état présent du développement humain. La philosophie positive, aussi spontanément réorganisatrice à cet égard qu'à tous les autres, peut seule désormais, en transportant finalement l'ensemble des spéculations sociales du domaine des vagues idéalités dans le champ des réalités irrécusables, asseoir, sur des bases naturelles vraiment inébranlables, l'esprit fondamental de famille, avec les modifications convenables au caractère moderne de l'organisme social.

Par le cours spontané de l'évolution sociale, la constitution générale de la famille humaine, bien loin d'être invariable, reçoit progressivement, de toute nécessité, des modifications plus ou moins profondes, dont l'ensemble me paraît offrir, à chaque grande époque du développement, la plus exacte mesure de l'importance réelle du changement total alors opéré dans la société correspondante. C'est ainsi, par exemple, que la polygamie des peuples arriérés doit y imprimer nécessairement à la famille un tout autre caractère que celui qu'elle manifeste chez les nations assez avancées pour être déjà parvenues à réaliser cette vie pleinement monogame vers laquelle tend toujours notre nature. De même, la famille ancienne, dont une portion des esclaves faisait essentiellement partie, devait, sans doute, radicalement différer de la famille moderne, principalement réduite à la parenté directe du couple fondamental, ou au premier degré d'affinité, et dans laquelle d'ailleurs l'autorité du chef est beaucoup moindre. Mais nous devons ici faire abstraction totale de ces diverses modifications quelconques, dont l'appréciation réelle appartient directement à la partie historique de ce volume. Il s'agit uniquement, en ce chapitre, de considérer la famille sous l'aspect scientifique le plus élémentaire, c'estàdire en ce qu'elle offre de nécessairement commun à tous les cas sociaux, en regardant la vie domestique comme la base constante de la vie sociale. Sous un tel point de vue, la théorie sociologique de la famille peut être essentiellement réduite à l'examen rationnel de deux ordres fondamentaux de relations nécessaires, savoir la subordination des sexes, et ensuite celle des âges, dont l'une institue la famille, tandis que l'autre la maintient. Dans l'ensemble du règne animal, un certain degré primitif de société volontaire, au moins temporaire, à quelques égards comparable à la société humaine, commence inévitablement, en effet, à partir de ce point de l'échelle biologique ascendante où cesse tout hermaphroditisme; et il y est toujours déterminé d'abord par l'union sexuelle, et ensuite par l'éducation des petits. Si la comparaison sociologique doit y être essentiellement bornée aux oiseaux et surtout aux mammifères, c'est essentiellement parce que ces deux grandes classes d'animaux supérieurs peuvent seules offrir une suffisante réalisation de ce double caractère élémentaire, principe nécessaire de toute coordination domestique.

On ne saurait trop respectueusement admirer cette universelle disposition naturelle, première base nécessaire de toute société, par laquelle, dans l'état de mariage, même très imparfait, l'instinct le plus énergique de notre animalité, à la fois satisfait et contenu, se trouve spontanément dirigé de manière à devenir la source primitive de la plus douce harmonie, au lieu de troubler le monde par ses impétueux débordemens. Les audacieux sophistes qui, de nos jours, renouvelant, en temps trop opportun, d'antiques aberrations, ont directement tenté de porter la hache métaphysique jusque sur ces racines élémentaires de l'ordre social, ont été, sans doute, profondément blâmables s'ils n'ont fait ainsi qu'obéir sciemment euxmêmes aux ignobles passions qu'ils s'efforçaient d'exciter chez les autres, ou déplorablement aveugles si, au contraire, comme dans la plupart des cas, ils n'ont cédé qu'à l'involontaire extension de la routine anarchique propre à notre malheureuse époque. En toute hypothèse, une triste fatalité ne permettait point d'espérer que l'institution fondamentale du mariage échapperait seule à l'ébranlement révolutionnaire que toutes les autres notions sociales avaient dû subir, d'après l'inévitable décadence de la philosophie théologique qui leur servait si dangereusement de base exclusive. Quand la philosophie positive pourra directement entreprendre de consolider à jamais cette indispensable subordination des sexes, principe essentiel du mariage et par suite de la famille, elle prendra son point de départ, comme en tout autre sujet capital, dans une exacte connaissance de la nature humaine, suivie d'une judicieuse appréciation de l'ensemble du développement social, et de la phase générale qu'il accomplit maintenant; ce qui devra tendre immédiatement à éliminer irrévocablement toutes les déclamations sophistiques, inspirées par l'ignorance ou par la dépravation, et dont le seul résultat pratique ne saurait être que de dégrader l'homme sous prétexte de le perfectionner. Sans doute l'institution du mariage éprouve nécessairement, comme toutes les autres, des modifications spontanées par le cours graduel de l'évolution humaine: le mariage moderne, tel que le catholicisme l'a finalement constitué, diffère radicalement, à divers titres, du mariage romain, de même que celuici différait notablement déjà du mariage grec, et tous deux encore davantage du mariage égyptien ou oriental, même depuis l'établissement de la monogamie. Que ces modifications successives, tendant à développer sans cesse la nature essentielle de ce lien fondamental, ne soient point aujourd'hui parvenues à leur dernier terme; que la grande réorganisation sociale réservée à notre siècle doive également marquer, sous un rapport aussi capital, son vrai caractère général: cela ne saurait être aucunement contesté. Mais l'esprit absolu de notre philosophie politique porte trop à confondre, à ce sujet, de simples modifications spontanées avec le bouleversement total de l'institution. Nous sommes aujourd'hui, à cet égard, malgré notre vain étalage de la supériorité moderne, dans une situation morale fort analogue à celle des temps principaux de la philosophie grecque, où la tendance instinctive et inaperçue à la régénération chrétienne de la famille et de la société, donnait déjà naissance, pendant ce long interrègne intellectuel, à des aberrations essentiellement semblables, ainsi que le témoigne surtout la célèbre satire d'Aristophane, où tout le dévergondage actuel se trouve d'avance si rudement stigmatisé. En quoi doivent principalement consister ces inévitables modifications ultérieures du mariage moderne, c'est ce dont la physique sociale doit aujourd'hui interdire rationnellement l'examen direct, comme éminemment prématuré, d'après sa tendance fondamentale, expliquée dans la quarantehuitième leçon, à procéder toujours de l'ensemble aux détails, conformément à l'évidente nature du sujet, dont l'irrésistible autorité scientifique ne saurait jamais être mieux prononcée qu'en un tel cas, puisque l'étude spéciale de ces modifications quelconques doit être nécessairement subordonnée à la conception générale, encore profondément ignorée, du vrai système de la réorganisation sociale, sous peine d'égarer l'imagination humaine à la dangereuse et irrationnelle poursuite d'utopies vagues et indéfinies, uniquement susceptibles de troubler sans but la vie réelle. Tout ce qu'on peut maintenant garantir, à cet égard, avec une pleine certitude, c'est que, quelque profonds qu'on puisse supposer ces changemens spontanés, dont l'analyse historique nous indiquera d'ailleurs bientôt le véritable sens général, ils resteront, de toute nécessité, constamment conformes à l'invariable esprit fondamental de l'institution, qui seul constitue ici notre objet principal. Or, cet esprit consiste toujours dans cette inévitable subordination naturelle de la femme envers l'homme, dont tous les âges de la civilisation reproduisent, sous des formes variées, l'ineffaçable caractère, et que la nouvelle philosophie politique saura définitivement préserver de toute grave tentative anarchique, en lui ôtant à jamais ce vain caractère religieux qui ne peut plus servir aujourd'hui qu'à la compromettre, pour la rattacher immédiatement à la base inébranlable fournie par la connaissance réelle de l'organisme individuel et de l'organisme social. Déjà la saine philosophie biologique, surtout d'après l'importante théorie de Gall, commence à pouvoir faire scientifiquement justice de ces chimériques déclamations révolutionnaires sur la prétendue égalité des deux sexes, en démontrant directement, soit par l'examen anatomique, soit par l'observation physiologique, les différences radicales, à la fois physiques et morales, qui, dans toutes les espèces animales, et surtout dans la race humaine, séparent profondément l'un de l'autre, malgré la commune prépondérance nécessaire du type spécifique. Rapprochant, autant que possible, l'analyse des sexes de celle des âges, la biologie positive tend finalement à représenter le sexe féminin, principalement chez notre espèce, comme nécessairement constitué, comparativement à l'autre, en une sorte d'état d'enfance continue, qui l'éloigne davantage, sous les plus importans rapports, du type idéal de la race. Complétant, à sa manière, cette indispensable appréciation scientifique, la sociologie montrera d'abord l'incompatibilité radicale de toute existence sociale avec cette chimérique égalité des sexes, en caractérisant les fonctions spéciales et permanentes que chacun d'eux doit exclusivement remplir dans l'économie naturelle de la famille humaine, qui les fait spontanément concourir au but commun par des voies profondément distinctes, sans que leur subordination nécessaire puisse aucunement nuire à leur bonheur réel, éminemment attaché, pour l'un comme pour l'autre, à un sage développement de sa propre nature.

Les principales considérations indiquées, dans la première partie de ce chapitre, sur l'examen sociologique de notre constitution individuelle, permettraient déjà d'ébaucher utilement une telle opération philosophique; car, les deux parties essentielles de cet examen peuvent directement établir, en principe, l'une l'infériorité fondamentale, et l'autre la supériorité secondaire, de l'organisme féminin, envisagé sous le point de vue social. Ayant d'abord égard à la relation générale entre les facultés intellectuelles et les facultés affectives, nous avons, en effet, reconnu que la prépondérance nécessaire de cellesci, dans l'ensemble de notre nature, est cependant moins prononcée chez l'homme qu'en aucun autre animal; et qu'un certain degré spontané d'activité spéculative constitue le principal attribut cérébral de l'humanité, ainsi que la première source du caractère profondément tranché de notre organisme social. Or, sous ce rapport, on ne peut sérieusement contester aujourd'hui l'évidente infériorité relative de la femme, bien autrement impropre que l'homme à l'indispensable continuité aussi bien qu'à la haute intensité du travail mental, soit en vertu de la moindre force intrinsèque de son intelligence, soit à raison de sa plus vive susceptibilité morale et physique, si antipathique à toute abstraction et à toute contention vraiment scientifiques. L'expérience la plus décisive a toujours éminemment confirmé, à parité de rang en chaque sexe, même dans les beauxarts, et sous le concours des plus favorables circonstances, cette irrécusable subalternité organique du génie féminin, malgré les aimables caractères qui distinguent, d'ordinaire, ses spirituelles et gracieuses compositions. Quant aux fonctions quelconques de gouvernement, fussentelles réduites à l'état le plus élémentaire, et purement relatives à la conduite générale de la simple famille, l'inaptitude radicale du sexe féminin y est encore plus prononcée, la nature du travail y exigeant surtout une infatigable attention à un ensemble de relations plus compliqué, dont aucune partie ne doit être négligée, et en même temps une plus impartiale indépendance de l'esprit envers les passions, en un mot, plus de raison. Ainsi, sous ce premier aspect, l'invariable économie effective de la famille humaine ne saurait jamais être réellement intervertie, à moins de supposer une chimérique transformation de notre organisme cérébral. Les seuls résultats possibles d'une lutte insensée contre les lois naturelles, qui, de la part des femmes, fournirait de nouveaux témoignages involontaires de leur propre infériorité, ne saurait être que de leur interdire, en troublant gravement la famille et la société, le seul genre de bonheur compatible pour elles avec l'ensemble de ces lois.

En second lieu, nous avons pareillement reconnu cidessus que, dans le système réel de notre vie affective, les instincts personnels dominent nécessairement les instincts sympathiques ou sociaux, dont l'influence ne peut et ne doit que modifier la direction essentiellement imprimée par la prépondérance des premiers, sans pouvoir ni devoir jamais devenir les moteurs habituels de l'existence effective. C'est par l'examen comparatif de cette grande relation naturelle, si importante quoique secondaire envers la précédente, que l'on peut surtout apprécier directement l'heureuse destination sociale éminemment réservée au sexe féminin. Il est incontestable, en effet, quoique ce sexe participe inévitablement, à cet égard comme à l'autre, au type commun de l'humanité, que les femmes sont, en général, aussi supérieures aux hommes par un plus grand essor spontané de la sympathie et de la sociabilité, qu'elles leur sont inférieures quant à l'intelligence et à la raison. Ainsi, leur fonction propre et essentielle, dans l'économie fondamentale de la famille et par suite de la société, doit être spontanément de modifier sans cesse, par une plus énergique et plus touchante excitation immédiate de l'instinct social, la direction générale toujours primitivement émanée, de toute nécessité, de la raison trop froide ou trop grossière qui caractérise habituellement le sexe prépondérant. On voit que pour cette appréciation sommaire des attributs sociaux de chaque sexe, j'ai écarté à dessein la considération vulgaire des différences purement matérielles sur lesquelles on fait irrationnellement reposer une telle subordination fondamentale, qui, d'après les indications précédentes, doit être, au contraire, essentiellement rattachée aux plus nobles propriétés de notre nature cérébrale. Des deux attributs généraux qui séparent l'humanité de l'animalité, le plus essentiel et le plus prononcé démontre irrécusablement, sous le point de vue social, la prépondérance nécessaire et invariable du sexe mâle, tandis que l'autre caractérise directement l'indispensable fonction modératrice à jamais dévolue à la femme, même indépendamment des soins maternels, qui constituent évidemment sa plus importante et sa plus douce destination spéciale, mais sur lesquels on insiste, d'ordinaire, d'une manière trop exclusive, qui ne fait point assez dignement comprendre la vocation sociale directe et personnelle du sexe féminin.

Considérons maintenant, sous un semblable point de vue scientifique, l'autre élément fondamental de la famille humaine, c'estàdire la corelation spontanée entre les enfans et les parens, qui, généralisée ensuite dans l'ensemble de la société, y produit toujours, à un degré quelconque, la subordination naturelle des âges. Ici, les aberrations, d'ailleurs très graves, issues de notre anarchie intellectuelle, sont d'un tout autre genre que dans le cas précédent. La discipline naturelle est, sous ce second aspect élémentaire, trop irrécusable et trop irrésistible pour que jamais elle puisse être sérieusement contestée, malgré les atteintes indirectes et secondaires que l'esprit de famille a dû aussi recevoir de nos jours à cet égard, par une suite inévitable du mouvement général de décomposition sociale, et pareillement surtout en vertu de l'irrévocable impuissance politique où est nécessairement parvenue la philosophie théologique, sur laquelle reposait, d'une manière si déplorablement exclusive, tout le système des notions domestiques, comme celui des notions sociales. Quelle que soit l'importance réelle de ces diverses altérations, nos ardens champions des droits politiques de la femme ne se sont pas encore avisés de construire une doctrine analogue en faveur de l'enfance, qui est loin d'ailleurs d'inspirer la même sollicitude, faute de pouvoir aussi vivement stimuler le zèle spontané de ses défenseurs spéciaux. C'est ce qui permettra d'examiner ici plus sommairement ce second élément essentiel de la théorie sociologique de la famille, sans nuire aucunement à son indispensable appréciation philosophique. Malgré l'entraînement de l'analogie et l'absence actuelle de toute vraie discipline spirituelle, on ne doit guère craindre aujourd'hui que, de la chimérique égalité des sexes, l'esprit d'aberration métaphysique puisse réellement passer à aucune conception dogmatique de l'égalité sociale des âges, après laquelle il ne lui resterait plus qu'à proclamer aussi, par un dernier progrès, l'égalité universelle des races animales. Quoique notre anarchie intellectuelle puisse fournir, pour ainsi dire, à toutes les thèses quelconques, des argumens et des sophistes déjà disponibles, la raison publique, quelque imparfait qu'en soit encore le développement, impose nécessairement un certain terme à l'essor des divagations individuelles, quand elles viennent directement choquer un instinct vraiment fondamental.

Aucune économie naturelle ne peut mériter, sans doute, plus d'admiration que cette heureuse subordination spontanée qui, après avoir ainsi constitué la famille humaine, devient ensuite le type nécessaire de toute sage coordination sociale. Tous les âges de la civilisation ont rendu, sous des formes diverses, un hommage décisif à l'excellence de ce type fondamental, que l'homme a même pris involontairement pour modèle lorsqu'il a voulu rêver, dans la conception du gouvernement providentiel, la plus parfaite direction possible de l'ensemble des événemens. En quel autre cas social, pourraiton trouver, au même degré, de la part de l'inférieur, la plus respectueuse obéissance spontanément imposée, sans le moindre avilissement, d'abord par la nécessité et ensuite par la reconnaissance; et, chez le supérieur, l'autorité la plus absolue unie au plus entier dévouement, trop naturel et trop doux pour mériter proprement le nom de devoir? Il est certainement impossible que, dans des relations plus étendues et moins intimes, l'indispensable discipline de la société puisse jamais pleinement réaliser ces admirables caractères de la discipline domestique: la soumission ne saurait y être aussi complète ni aussi spontanée, la protection aussi touchante ni aussi dévouée. Mais la vie de famille n'en demeurera pas moins, à cet égard, l'école éternelle de la vie sociale, soit pour l'obéissance, soit pour le commandement, qui doivent nécessairement, en tout autre cas, se rapprocher, autant que possible, de ce modèle élémentaire. L'avenir ne pourra, sous ce rapport, que se conformer, comme le passé, à cette invariable obligation naturelle, avec les modifications spontanées que le cours graduel de l'évolution sociale devra déterminer en cette partie de la constitution domestique, aussi bien qu'envers la précédente; modifications dont il serait d'ailleurs prématuré, en l'un et l'autre cas, d'entreprendre aujourd'hui l'appréciation spéciale. Néanmoins, à toutes les époques de décomposition, de pernicieux sophistes ont directement tenté de détruire radicalement cette admirable économie naturelle, en arguant, suivant l'usage, de quelques inconvéniens partiels ou secondaires contre l'ensemble de l'organisation. Leur prétendue rectification s'est toujours réduite à intervertir entièrement la comparaison fondamentale, et, au lieu de proposer la famille pour modèle à la société, ils ont cru témoigner un grand génie politique en s'efforçant, au contraire, de constituer la famille à l'image de la société, et d'une société alors fort mal ordonnée, en vertu même de l'état exceptionnel qui permettait l'essor de telles rêveries. Notre profonde anarchie intellectuelle offre de trop dangereuses ressources à l'inévitable renouvellement de ces aberrations surannées pour que la nouvelle philosophie politique doive dédaigner, en temps opportun, de les soumettre directement à une discussion spéciale, indépendamment de sa principale tendance spontanée à faire prévaloir un tout autre esprit social, tendance qui peut seule nous occuper ici. Ces folles utopies aboutiraient doublement à la ruine radicale de toute vraie discipline domestique, soit en ôtant aux parens la direction réelle et presque la simple connaissance de leurs enfans, par une monstrueuse exagération de l'indispensable influence de la société sur l'éducation de la jeunesse, soit en privant les fils de la transmission héréditaire des ressources paternelles, essentiellement accumulées à leur intention: détruisant ainsi tour à tour, d'une manière spéciale, l'obéissance et le commandement. Quoique tout examen formel de telles extravagances fût nécessairement déplacé dans ce Traité, je devais cependant y signaler, à leur occasion propre, l'aptitude générale de la politique positive à consolider spontanément toutes les notions fondamentales de l'ordre social, qu'elle seule peut aujourd'hui protéger, avec une véritable efficacité, contre les divagations métaphysiques dont l'inévitable décadence de la philosophie théologique a dû permettre le développement de plus en plus étendu. Avant même aucune discussion directe, cette heureuse propriété résultera nécessairement, surtout dans le cas actuel, de l'esprit général qui caractérise la nouvelle philosophie politique, d'après les explications de la quarantehuitième leçon, où nous avons reconnu sa tendance constante à subordonner toujours la conception de l'ordre artificiel à l'observation de l'ordre naturel, dont l'admirable économie est ici très évidente. L'étude directe de la sociologie dynamique fournira d'ailleurs de nombreuses et importantes occasions de reconnaître, d'après une judicieuse analyse historique, que, dans le développement réel de l'évolution sociale, les modifications spontanées finalement produites par le cours graduel des événemens sont ordinairement très supérieures à ce que les plus éminens réformateurs auraient osé concevoir d'avance: ce qui devra faire sentir combien il importe de ne pas trop anticiper sur la succession nécessaire des diverses parties de la réorganisation, en voulant à la fois tout renouveler, jusque dans les moindres détails, suivant la routine métaphysique des constitutions actuelles.

Pour compléter la sommaire appréciation sociologique de la subordination domestique, il importe d'y remarquer aussi sa haute propriété, non moins caractéristique, d'établir spontanément la première notion élémentaire de la perpétuité sociale, en rattachant, de la manière la plus directe et la plus irrésistible, l'avenir au passé. Généralisés autant que possible, cette idée et ce sentiment, après avoir passé des pères aux ancêtres, se transforment finalement en ce respect universel pour nos prédécesseurs, qui doit être, à tous égards, regardé comme indispensable à toute économie sociale. Sous des formes quelconques, il n'y a point d'état social qui n'en doive constamment offrir d'importans témoignages. La moindre prépondérance des traditions à mesure que l'esprit humain se développe, sa préférence croissante de la transmission écrite à la transmission orale, doivent, sans doute, modifier beaucoup, chez les peuples modernes, sinon l'intensité, du moins l'expression d'une telle disposition nécessaire. Mais, à quelque degré que puisse jamais parvenir la progression sociale, il sera toujours d'une importance capitale que l'homme ne se croie pas né d'hier, et que l'ensemble de ses institutions et de ses moeurs tende constamment à lier, par un système convenable de signes intellectuels et matériels, ses souvenirs du passé total à ses espérances d'un avenir quelconque. Le caractère éminemment révolutionnaire de notre temps devait, de toute nécessité, introduire, à cet égard, plus directement qu'à tout autre, un profond ébranlement provisoire, sans lequel l'imagination humaine aurait été trop entravée dans son élan vers l'indispensable rénovation du système social. Mais il n'est point douteux que l'extension indéfinie et la consécration absolue de ce dédain passager du passé politique ne tendent gravement aujourd'hui à altérer directement l'instinct fondamental de la sociabilité humaine. Il serait évidemment inutile d'insister ici pour faire ressortir, à ce sujet, l'aptitude spontanée de la nouvelle philosophie politique à rétablir convenablement les conditions normales de toute véritable harmonie sociale. Une philosophie qui prend nécessairement l'histoire pour principale base scientifique, qui représente, à tous égards, les hommes de tous les temps, aussi bien que de tous les lieux, comme d'indispensables coopérateurs à une même évolution fondamentale, intellectuelle ou matérielle, morale ou politique, et qui, en un cas quelconque, s'efforce toujours de rattacher le progrès actuel à l'ensemble des antécédens réels, doit être certainement jugée bien plus propre aujourd'hui qu'aucune autre à régulariser l'idée et le sentiment de la continuité sociale, sans encourir le danger de cette servile et irrationnelle admiration du passé, qui devait jadis, sous l'empire de la philosophie théologique, tant entraver le développement humain. On voit aisément, par exemple, que l'étude des sciences positives est, en ce moment, la seule partie du système intellectuel où cette respectueuse coordination du présent au passé, ait pu spontanément résister avec efficacité à l'entraînement universel de la métaphysique révolutionnaire, qui, en tout autre genre, ferait presque envisager la raison et la justice comme des créations contemporaines.

Dans un Traité spécial de philosophie politique, il conviendrait, sans doute, afin d'opérer une plus exacte appréciation de l'influence sociale élémentaire propre à l'esprit de famille, de considérer aussi, d'une manière distincte, les relations fraternelles, qui lui sont accessoirement inhérentes. Mais, quelque douceur, ou trop souvent quelque amertume, que ces liaisons naturelles puissent répandre sur la vie privée, elles ont habituellement trop peu d'importance politique pour qu'il convienne ici de nous y arrêter spécialement. Quand elles acquièrent, à cet égard, une haute portée, elles se rattachent nécessairement à une notable inégalité d'âge, et alors elles rentrent essentiellement, quoiqu'à un moindre degré, dans le genre de subordination domestique qui vient d'être considéré. Toutes les fois, en effet, que la coordination fraternelle est assez fortement établie pour exercer une véritable influence politique, c'est évidemment parce que les aînés, prenant une sorte d'ascendant paternel, artificiel ou spontané, maintiennent l'unité domestique contre les divergences individuelles, alors trop peu contenues par de moindres sentimens naturels. Sous ce rapport, comme sous les précédens, mais à un degré fort inférieur, on ne saurait douter que l'état désordonné de la société actuelle ne laisse une lacune réelle dans la constitution générale de la famille humaine, et que par conséquent, l'absolue égalité fraternelle ne doive être, au fond, aussi transitoire que les autres, et pareillement destinée à se dissiper ultérieurement sous une nouvelle organisation spontanée de la hiérarchie domestique, conformément au nouveau caractère que le cours fondamental de l'évolution humaine devra imprimer à toutes les parties quelconques du système social pour régulariser entre elles une exacte homogénéité et une solidarité complète. Quoique ces modifications secondaires doivent évidemment être encore plus impérieusement ajournées que les dispositions principales, dont nous avions déjà reconnu que l'examen actuel serait essentiellement prématuré, il n'était peutêtre point inutile ici, pour mieux caractériser, à cet égard, l'esprit nécessaire de la nouvelle philosophie politique, d'y faire distinctement pressentir que si, à ce titre, ainsi qu'à tout autre, l'inévitable réorganisation des sociétés modernes a dû commencer par une indispensable décomposition préliminaire de l'ancienne discipline, elle ne saurait être finalement condamnée à se composer réellement de simples lacunes. Si une telle considération paraît d'abord exclusivement pratique, et par suite peu convenable au travail purement théorique qui doit nous occuper maintenant, il faut surtout remarquer, indépendamment de la trop grande confusion actuelle de ces deux points de vue, que la véritable science sociale, soit pour la juste appréciation du passé, soit pour la saine conception de l'avenir, ne saurait échapper à l'obligation philosophique d'attacher une indispensable importance à des élémens qui, en tout temps, ont toujours fait une partie plus ou moins essentielle de la hiérarchie domestique. Ne voulant construire aucune utopie, et nous proposant seulement d'observer l'économie fondamentale des sociétés réelles, nous devons signaler à l'analyse scientifique toutes les dispositions quelconques dont l'invariable permanence doit nous faire suffisamment présumer la gravité véritable.

L'ensemble des indications présentées dans cette seconde partie du chapitre actuel, caractérise assez désormais, pour le principal objet de ce volume, la haute portée sociale directement propre aux divers aspects essentiels de l'ordre spontané de la famille humaine, ainsi appréciée, nonseulement comme l'élément effectif de la société, mais comme lui offrant aussi, à tous égards, le premier type naturel de sa constitution radicale. Il nous reste maintenant, afin d'avoir ici, autant que le comporte l'esprit de notre travail, sommairement ébauché la théorie élémentaire de la statique sociale, à considérer, en troisième et dernier lieu, sous un point de vue analogue, l'analyse directe de la société générale, envisagée comme formée de familles et non d'individus, et toujours examinée en ce que sa structure fondamentale offre de nécessairement commun à tous les temps et à tous les lieux, ainsi que nous venons de le faire successivement en ce qui concerne l'individu et ensuite la famille.

Bien loin que la simplicité constitue la mesure principale de la perfection réelle, le système entier des études biologiques concourt à montrer, au contraire, que la perfection croissante de l'organisme animal consiste surtout dans la spécialité de plus en plus prononcée des diverses fonctions accomplies par les organes de plus en plus distincts, et néanmoins toujours exactement solidaires, dont il devient graduellement composé en se rapprochant davantage de l'organisme humain, combinant ainsi de plus en plus l'unité du but avec la diversité des moyens. Or, tel est éminemment le caractère propre de notre organisme social, et la principale cause de sa supériorité nécessaire sur tout organisme individuel. Nous ne pouvons, sans doute, admirer convenablement un phénomène continuellement accompli sous nos yeux, et auquel nous participons nousmêmes nécessairement. Mais, en s'isolant, autant que possible, par la pensée, du système habituel de l'économie sociale, peuton réellement concevoir, dans l'ensemble des phénomènes naturels, un plus merveilleux spectacle que cette convergence régulière et continue d'une immensité d'individus, doués chacun d'une existence pleinement distincte et, à un certain degré, indépendante, et néanmoins tous disposés sans cesse, malgré les différences plus ou moins discordantes de leurs talens et surtout de leurs caractères, à concourir spontanément, par une multitude de moyens divers, à un même développement général, sans s'être d'ordinaire, nullement concertés, et le plus souvent à l'insu de la plupart d'entre eux, qui ne croient obéir qu'à leurs impulsions personnelles? Telle est, du moins, l'idéalité scientifique du phénomène, en le dégageant abstraitement des chocs et des incohérences journellement inséparables d'un organisme aussi profondément compliqué, et qui, dans les temps même de plus grande perturbation maladive, n'empêchent point l'accomplissement essentiel et permanent des fonctions principales. Cette invariable conciliation de la séparation des travaux avec la coopération des efforts, d'autant plus prononcée et plus admirable que la société se complique et s'étend davantage, constitue, en effet, le caractère fondamental des opérations humaines, quand on s'élève du simple point de vue domestique au vrai point de vue social. Les sociétés plus ou moins complexes qu'on peut observer chez beaucoup d'animaux supérieurs, présentent déjà, sans doute, en certain cas, et surtout, comme chez l'homme sauvage, pour la chasse ou pour la guerre, une première ébauche rudimentaire d'une coordination plus ou moins volontaire, mais à un degré trop partiel, trop circonscrit, et d'ailleurs trop temporaire, pour être convenablement assimilées à l'état même le plus imparfait de l'association propre à notre espèce. Notre simple vie domestique, qui, à tous égards, contient nécessairement le germe essentiel de la vie sociale proprement dite, a dû toujours manifester bien davantage le développement spontané d'une certaine spécialisation individuelle des diverses fonctions communes, sans laquelle la famille humaine ne pourrait suffisamment remplir sa destination caractéristique. On doit néanmoins reconnaître que la séparation des travaux n'y saurait jamais être directement très prononcée, soit à raison du trop petit nombre des individus, soit surtout, par un motif plus profond et moins connu, parce qu'une telle division tendrait bientôt à devenir antipathique à l'esprit fondamental de la famille. Car, d'un côté, l'éducation domestique, essentiellement fondée sur l'imitation, doit naturellement disposer les enfans à poursuivre les opérations paternelles, au lieu d'entreprendre de nouvelles fonctions; et, en même temps, il n'est pas douteux que toute séparation très marquée dans les occupations habituelles des différens membres n'y doive nécessairement altérer l'unité domestique, objet capital de cette association élémentaire. Plus on méditera sur ce grand sujet, mieux on sentira que la spécialisation des travaux, qui constitue le principe élémentaire de la société générale, ne saurait être, au fond, celui de la simple famille, quoique devant s'y trouver à un certain degré. Malgré l'imperfection du langage, qui porte souvent à confondre l'idée de famille dans celle de société, il est incontestable que l'ensemble des relations domestiques ne correspond point à une association proprement dite, mais qu'il compose une véritable union, en attribuant à ce terme toute son énergie intrinsèque. A raison de sa profonde intimité, la liaison domestique est donc d'une tout autre nature que la liaison sociale. Son vrai caractère est essentiellement moral, et très accessoirement intellectuel; ou, en termes anatomiques, elle correspond bien davantage à la région moyenne du cerveau humain qu'à la région antérieure. Fondée principalement sur l'attachement et la reconnaissance, l'union domestique est surtout destinée à satisfaire directement, par sa seule existence, l'ensemble de nos instincts sympathiques, indépendamment de toute pensée de coopération active et continue à un but quelconque, si ce n'est à celui même de sa propre institution. Quoiqu'une coordination habituelle entre des travaux distincts s'y doive spontanément établir à un certain degré, son influence y est tellement secondaire que lorsque, malheureusement, elle demeure le seul principe de liaison, l'union domestique tend nécessairement à dégénérer en une simple association, et même le plus souvent elle ne tarde point à se dissoudre essentiellement. Dans les combinaisons sociales proprement dites, l'économie élémentaire présente inévitablement un caractère inverse: le sentiment, de coopération, jusqu'alors accessoire, devient, à son tour, prépondérant, et l'instinct sympathique, malgré son indispensable persistance, ne peut plus former le lien principal. Sans doute, l'homme est, en général, assez heureusement organisé pour aimer ses coopérateurs, quelque nombreux et quelque lointains qu'ils puissent être, ou même quelque indirecte que soit leur participation effective. Mais un tel sentiment, dû à une précieuse réaction de l'intelligence sur la sociabilité, ne saurait certainement, par sa nature, avoir jamais assez d'énergie pour diriger la vie sociale. Quand même un convenable exercice aurait pu développer suffisamment l'ensemble de nos instincts sociaux, la médiocrité intellectuelle de la plupart des hommes ne leur permet point de se former, à beaucoup près, une idée assez nette de relations trop étendues, trop détournées, et trop étrangères à leurs propres occupations, pour qu'il en puisse résulter une vraie stimulation sympathique, susceptible de quelque efficacité durable. C'est donc exclusivement dans la vie domestique que l'homme doit chercher habituellement le plein et libre essor de ses affections sociales; et c'est peutêtre à ce titre spécial qu'elle constitue le mieux une indispensable préparation à la vie sociale proprement dite: car, la concentration est aussi nécessaire aux sentimens que la généralisation aux pensées. Les hommes même les plus éminens, qui parviennent à tourner, avec une énergie réelle, le cours naturel de leurs instincts sympathiques vers l'ensemble de l'espèce ou de la société, y sont presque toujours poussés par les désappointemens moraux d'une vie domestique dont la destination a été manquée faute d'un suffisant accomplissement des conditions convenables: et quelque douce que leur soit alors une aussi imparfaite compensation, cet amour abstrait de l'espèce ne saurait nullement comporter cette plénitude de satisfaction de nos dispositions affectueuses que peut seul procurer un attachement très limité et surtout individuel. Quoi qu'il en soit, de tels cas sont d'ailleurs trop évidemment exceptionnels pour devoir influer sur aucune étude fondamentale de l'économie sociale. Ainsi, malgré l'indispensable participation directe, soit primitive, soit continue, de l'instinct sympathique à tous les cas possibles d'association humaine, il doit rester incontestable que, lorsqu'on passe de la considération d'une famille unique à la coordination générale des diverses familles, le principe de la coopération finit nécessairement par prévaloir. La philosophie métaphysique du siècle dernier, surtout dans l'école française, a sans doute commis une erreur capitale en attribuant à ce principe la création même de l'état social, puisqu'il est, au contraire, évident que la coopération, bien loin d'avoir pu produire la société, en suppose nécessairement le préalable établissement spontané. Toutefois, la gravité d'une telle aberration me paraît éminemment tenir à une confusion radicale entre la vie domestique et la vie sociale, trop ordinaire aux spéculations métaphysiques. Car, en séparant convenablement deux modes d'association aussi différens, cette assertion, soigneusement restreinte à la combinaison la plus compliquée, paraîtrait certainement peu choquante, malgré qu'elle y constituât encore une irrationnelle exagération. Quoique la participation distincte et simultanée à une opération commune n'ait aucunement pu déterminer le rapprochement primitif des familles humaines, elle seule a pu cependant imprimer à leur association spontanée un caractère prononcé et une consistance durable. L'étude attentive des moindres degrés de la vie sauvage nous montre clairement cette situation primordiale où les diverses familles, quelquefois fortement liées pour un but temporaire, retournent, presque comme les animaux, à leur indépendance isolée, aussitôt que l'expédition, ordinairement de guerre ou de chasse, est suffisamment accomplie, quoique déjà quelques opinions communes, formulées dans un certain langage uniforme, tendent à les réunir, d'une manière permanente, en tribus plus ou moins nombreuses. C'est donc sur le principe de la coopération, spontanée ou concertée, d'ailleurs toujours conçu dans son entière extension philosophique, que devra surtout reposer désormais notre analyse scientifique pour cette ébauche préliminaire de la dernière partie de la statique sociale, où nous considérons directement la coordination fondamentale des familles, dont le vrai caractère propre dépend essentiellement d'un tel principe, quoique son établissement et son maintien n'aient pu avoir lieu sans la participation préalable et permanente de l'instinct sympathique, destiné, en outre, à répandre sur tous les actes de la vie sociale un indispensable charme moral.

Un traité spécial de philosophie politique pourrait seul permettre de développer convenablement l'étendue et la portée de ce grand principe, auquel la société humaine doit nécessairement les plus importans attributs qui la distinguent des autres agglomérations de familles animales. Le judicieux Fergusson en avait dignement pressenti la valeur scientifique, en y rattachant sa classification, d'ailleurs si imparfaite, des animaux en sociables et politiques, ceuxci étant essentiellement caractérisés par la tendance à concerter les divers efforts individuels pour accomplir une opération commune. Par leur théorie de la division du travail, les économistes ont utilement concouru à vulgariser une telle notion, mais en paraissant la restreindre irrationnellement à des cas beaucoup trop subalternes, de manière à en suggérer une idée extrêmement étroite, si l'on excepte toutefois l'illustre Adam Smith et de nos jours Tracy, qui l'ont bien plus philosophiquement appréciée, l'un en vertu de sa haute supériorité, et l'autre d'après son habitude plus intime des généralités, quoique métaphysiques. Un principe aussi évident, dont la réalisation, de plus en plus complète, a toujours constitué une indispensable condition de tout développement humain, devait sembler d'abord à l'abri de toute grave atteinte, à quelque degré que notre anarchie intellectuelle pût autoriser les divagations individuelles, d'autant plus que la nature du sujet semblait alors plus heureusement préservée du contact des passions humaines. Mais, après avoir vu la philosophie métaphysique nier systématiquement, à la stupide satisfaction de tous les beaux esprits contemporains, l'utilité fondamentale de la société ellemême, ce qui, sans doute, doit implicitement comprendre toutes les aberrations possibles, pourraiton s'étonner réellement de la production d'aucun sophisme partiel, quelque important qu'en soit l'objet, et quelque absurde qu'en soit la pensée? Aussi, de nos jours, une sorte de métaphysique spéciale atelle été dogmatiquement formulée pour attaquer directement l'antique maxime sociale de la répartition nécessaire des travaux humains, et de la spécialisation correspondante des occupations individuelles. La sage circonscription de nos opérations, et l'opiniâtre persévérance de nos efforts, n'ont plus été regardés comme d'indispensables conditions de nos succès quelconques: poursuivre à la fois beaucoup d'occupations différentes, et passer à dessein de l'une à l'autre avec toute la rapidité possible, tel est le nouveau plan de travail universel qu'on a osé aujourd'hui recommander systématiquement à l'humanité civilisée, comme essentiellement attrayant 36. Il n'y a peutêtre point d'exemple plus propre à vérifier, d'une manière pleinement irrécusable, combien l'absence totale de discipline intellectuelle, en ce qui concerne les spéculations les plus difficiles, empêche nécessairement aujourd'hui d'assigner aucun terme réel au cours spontané des aberrations philosophiques, dont l'essor antérieur n'avait jamais pu être aussi libre, parce que l'anarchie mentale n'avait jamais été aussi complète. Une telle notion ayant été ainsi attaquée, quelle maxime sociale pourrait vraiment être respectée?

Note 36: (retour) Quoiqu'il ne soit nullement convenable de s'arrêter ici à la moindre analyse spéciale de tels sophismes, il ne faut pas cependant oublier, même en ce cas, que l'esprit général de la saine philosophie politique doit toujours faire accorder quelque attention à tout ce qui a pu obtenir effectivement un certain crédit social. Car, la judicieuse appréciation de toute semblable influence peut ordinairement devenir l'indice plus ou moins direct d'un vrai besoin intellectuel, dont l'illusoire satisfaction avait permis à ces diverses aberrations de susciter momentanément une sorte d'école nouvelle. La société ne saurait se tromper complétement sur ses besoins réels, quoiqu'elle soit souvent égarée sur les moyens convenables d'y satisfaire. Aussi le lecteur auratil lieu ciaprès de remarquer spontanément que, au milieu des folles conceptions dont il s'agit ici, réside un certain pressentiment confus des vrais inconvéniens généraux inhérens au principe de la répartition des travaux humains, malgré que ces inconvéniens y aient été d'ailleurs ridiculement exagérés, et surtout irrationnellement séparés d'avantages infiniment supérieurs, suivant la nature ordinaire des doctrines métaphysiques.

Sans nous arrêter davantage à ces divagations caractéristiques, procédons directement à la sommaire analyse scientifique de ce principe fondamental de la coopération continue de toutes les familles humaines d'après leur application spontanée à des travaux spéciaux et séparés. Pour apprécier convenablement cette coopération et cette distribution nécessaires, comme constituant la condition la plus essentielle de notre vie sociale, abstraction faite de la vie domestique, il faut la concevoir dans toute son étendue rationnelle, c'estàdire l'appliquer à l'ensemble de toutes nos diverses opérations quelconques, au lieu de la borner, comme il est trop ordinaire, à de simples usages matériels. Alors, elle conduit immédiatement à regarder nonseulement les individus et les classes, mais aussi, à beaucoup d'égards, les différens peuples, comme participant à la fois, suivant un mode propre et un degré spécial exactement déterminés, à une oeuvre immense et commune, dont l'inévitable développement graduel lie d'ailleurs aussi les coopérateurs actuels à la série de leurs prédécesseurs quelconques et même à la suite de leur divers successeurs. C'est donc la répartition continue des différens travaux humains qui constitue principalement la solidarité sociale, et qui devient la cause élémentaire de l'étendue et de la complication croissante de l'organisme social, ainsi susceptible d'être conçu comme embrassant l'ensemble de notre espèce. Quoique l'homme ne puisse guère subsister dans un état d'isolement volontaire, cependant la famille, véritable unité sociale, peut, sans aucun doute, vivre séparément, parce qu'elle peut réaliser en son sein l'ébauche de division du travail indispensable à une satisfaction grossière de ses premiers besoins, ainsi que la vie sauvage nous en offre de nombreux exemples, quoique toujours plus ou moins exceptionnels. Mais, avec un tel mode d'existence, il n'y a point encore de vraie société, et le rapprochement spontané des familles est sans cesse exposé à d'imminentes ruptures temporaires, souvent provoquées par les moindres occasions. C'est seulement quand la répartition régulière des travaux humains a pu devenir convenablement étendue que l'état social a pu commencer à acquérir spontanément une consistance et une stabilité supérieures à l'essor quelconque des divergences particulières. En aucun temps, les sophistes qui ont le plus amèrement déclamé contre la vie sociale n'auraient certainement jamais pu être assez conséquens à leur propre doctrine pour donner euxmêmes l'exemple de cette existence solitaire qu'ils avaient tant prônée, quoique personne, sans doute, ne se fût opposé à leur retraite: une telle logique ne serait praticable que chez les sauvages, s'ils pouvaient avoir de tels docteurs. L'habitude de cette coopération partielle est, en effet, éminemment propre à développer, par voie de réaction intellectuelle, l'instinct social, en inspirant spontanément à chaque famille un juste sentiment continu de son étroite dépendance envers toutes les autres, et, en même temps, de sa propre importance personnelle, chacune pouvant alors se regarder comme remplissant, à un certain degré, une véritable fonction publique, plus ou moins indispensable à l'économie générale, mais inséparable du système total. Ainsi envisagée, l'organisation sociale tend de plus en plus à reposer sur une exacte appréciation des diversités individuelles, en répartissant les travaux humains de manière à appliquer chacun à la destination qu'il peut le mieux remplir, nonseulement d'après sa nature propre, le plus souvent trop peu prononcée en aucun sens, mais aussi d'après son éducation effective, sa position actuelle, en un mot suivant l'ensemble de ses principaux caractères quelconques; en sorte que toutes les organisations individuelles soient finalement utilisées pour le bien commun, sans en excepter même les plus vicieuses ou les plus imparfaites, sauf les seuls cas de monstruosité prononcée: tel est, du moins, le type idéal qu'on doit dès lors concevoir comme une limite fondamentale de l'ordre réel, qui s'en rapproche nécessairement de plus en plus, sans pouvoir néanmoins y parvenir jamais, ainsi que nous l'expliquera bientôt l'étude directe du développement graduel de l'humanité. C'est surtout en ce sens que l'organisme social doit ressembler toujours davantage à l'organisme domestique, dont la principale propriété consiste en effet dans l'admirable spontanéité de la double subordination qui le caractérise, comme nous l'avons reconnu cidessus: quoique malheureusement la complication et l'étendue si supérieures du premier ne puissent nullement permettre de le concevoir jamais réglé d'après un ensemble de différences naturelles aussi hautement irrécusables, tendant à prévenir essentiellement toute grave incertitude sur la vraie destination propre à chacun des organes, et toute discussion dangereuse sur leur hiérarchie respective; en sorte que la discipline sociale doit être nécessairement beaucoup plus artificielle, et, à ce titre, plus imparfaite, que la discipline domestique, dont la nature a fait d'avance tous les frais essentiels.

Il serait, sans doute, inutile d'insister ici davantage sur l'indication générale des attributs fondamentaux de cette coopération distributive et spéciale, principe nécessaire de tous les travaux humains, et dont l'esprit de notre temps, sauf quelques aberrations exceptionnelles, est plutôt porté à s'exagérer la puissance, ou du moins à méconnaître les limites et les conditions. Pour en compléter suffisamment l'indispensable appréciation sociologique, nous devons surtout examiner maintenant l'ensemble des nécessités qu'il impose, d'après les inconvéniens essentiels qui lui sont propres, comme je l'avais déjà ébauché, en 1826, dans le second article de mes Considérations sur le pouvoir spirituel. C'est principalement sur un tel examen que me semble devoir reposer immédiatement la théorie élémentaire de la statique sociale proprement dite, puisqu'on y doit trouver le véritable germe scientifique de la corelation nécessaire entre l'idée de société et l'idée de gouvernement.

Quelques économistes ont déjà signalé certains inconvéniens graves d'une division exagérée du travail matériel, mais sous un aspect beaucoup trop subalterne, et surtout sans remonter nullement jusqu'au principe philosophique d'une telle appréciation. Dès le début de ce Traité (voyez la première leçon), j'ai moimême caractérisé, dans le cas bien plus important de l'ensemble du travail scientifique, les fâcheuses conséquences intellectuelles de l'esprit de spécialité exclusive qui domine aujourd'hui, et dont les volumes précédens m'ont fourni plusieurs occasions capitales de constater l'imminent danger philosophique. Il s'agit ici, abstraction faite de toute vérification plus ou moins étendue, d'apprécier directement le principe général d'une telle influence, afin de saisir convenablement la vraie destination du système spontané de moyens essentiels d'une indispensable préservation continue.

Toute décomposition quelconque devant nécessairement tendre à déterminer une dispersion correspondante, la répartition fondamentale des travaux humains ne saurait éviter de susciter, à un degré proportionnel, des divergences individuelles, à la fois intellectuelles et morales, dont l'influence combinée doit exiger, dans la même mesure, une discipline permanente, propre à prévenir ou à contenir sans cesse leur essor discordant. Si, d'une part, en effet, la séparation des fonctions sociales permet à l'esprit de détail un heureux développement, impossible de toute autre manière, elle tend spontanément, d'une autre part, à étouffer l'esprit d'ensemble, ou du moins à l'entraver profondément. Pareillement, sous le point de vue moral, en même temps que chacun est ainsi placé sous une étroite dépendance envers la masse, il en est naturellement détourné par le propre essor de son activité spéciale, qui le rappelle constamment à son intérêt privé, dont il n'aperçoit que très vaguement la vraie relation avec l'intérêt public. À l'un et à l'autre titre, les inconvéniens essentiels de la spécialisation augmentent nécessairement comme ses avantages caractéristiques, sans que ce soit d'ailleurs en même rapport, pendant le cours spontané de l'évolution sociale. La spécialité croissante des idées habituelles et des relations journalières doit inévitablement tendre, dans un genre quelconque, à rétrécir de plus en plus l'intelligence, quoiqu'en l'aiguisant sans cesse en un sens unique, et à isoler toujours davantage l'intérêt particulier d'un intérêt commun devenu de plus en plus vague et indirect; tandis que, d'ailleurs, les affections sociales, graduellement concentrées entre les individus de même profession, y deviennent de plus en plus étrangères à toutes les autres classes, faute d'une suffisante analogie de moeurs et de pensées. C'est ainsi que le même principe qui a seul permis le développement et l'extension de la société générale, menace, sous un autre aspect, de la décomposer en une multitude de corporations incohérentes, qui semblent presque ne point appartenir à la même espèce: et c'est aussi parlà que la première cause élémentaire de l'essor graduel de l'habileté humaine paraît destinée à produire ces esprits très capables sous un rapport unique et monstrueusement ineptes sous tous les autres aspects, trop communs aujourd'hui chez les peuples les plus civilisés, où ils excitent l'admiration universelle. Si l'on a souvent justement déploré, dans l'ordre matériel, l'ouvrier exclusivement occupé, pendant sa vie entière, à la fabrication des manches de couteaux ou des têtes d'épingle, la saine philosophie ne doit peutêtre pas, au fond, faire moins regretter, dans l'ordre intellectuel, l'emploi exclusif et continu d'un cerveau humain à la résolution de quelques équations ou au classement de quelques insectes: l'effet moral, en l'un et l'autre cas, est malheureusement fort analogue; c'est toujours de tendre essentiellement à inspirer une désastreuse indifférence pour le cours général des affaires humaines, pourvu qu'il y ait sans cesse des équations à résoudre et des épingles à fabriquer. Quoique cette sorte d'automatisme humain ne constitue heureusement que l'extrême influence dispersive du principe de la spécialisation, sa réalisation, déjà trop fréquente, et d'ailleurs de plus en plus imminente, doit faire attacher à l'appréciation d'un tel cas une véritable importance scientifique, comme éminemment propre à caractériser la tendance générale, et à manifester plus vivement l'indispensable nécessité de sa répression permanente.

D'après cette sommaire indication philosophique, que le lecteur pourra développer aisément, la destination sociale du gouvernement me paraît surtout consister à contenir suffisamment et à prévenir autant que possible cette fatale disposition à la dispersion fondamentale des idées, des sentimens et des intérêts, résultat inévitable du principe même du développement humain, et qui, si elle pouvait suivre sans obstacle son cours naturel, finirait inévitablement par arrêter la progression sociale, sous tous les rapports importans. Cette conception constitue, à mes yeux, la première base positive et rationnelle de la théorie élémentaire et abstraite du gouvernement proprement dit, envisagé dans sa plus noble et plus entière extension scientifique, c'estàdire, comme caractérisé, en général, par l'universelle réaction nécessaire, d'abord spontanée et ensuite régularisée, de l'ensemble sur les parties. Il est clair, en effet, que le seul moyen réel d'empêcher une telle dispersion consiste à ériger cette indispensable réaction en une nouvelle fonction spéciale, susceptible d'intervenir convenablement dans l'accomplissement habituel de toutes les diverses fonctions particulières de l'économie sociale, pour y rappeler sans cesse la pensée de l'ensemble et le sentiment de la solidarité commune, avec d'autant plus d'énergie que l'essor plus étendu de l'activité individuelle doit tendre à les effacer davantage. C'est ainsi que doit être conçue, ce me semble, l'éminente participation du gouvernement au développement fondamental de la vie sociale, indépendamment des grossières attributions d'ordre matériel auxquelles on veut réduire aujourd'hui sa destination générale. Quoique n'exécutant par luimême aucun progrès social déterminé, il contribue nécessairement dès lors à tous ceux que la société peut faire sous un aspect quelconque, et qui, sans son intervention universelle et continue, deviendraient bientôt impossibles, d'après l'oblitération graduelle des facultés humaines à la suite d'une spécialisation déréglée. La nature même d'une telle action indique assez qu'elle ne doit pas être simplement matérielle, mais aussi et surtout intellectuelle et morale, de manière à montrer déjà la double nécessité distincte de ce qu'on nomme le gouvernement temporel et le gouvernement spirituel, dont la rationnelle subordination se présentera bientôt à nous comme la plus haute amélioration qui ait pu jusqu'ici être réalisée dans le système général de l'organisation sociale, sous l'heureuse influence, aujourd'hui trop méconnue, du catholicisme prépondérant. Enfin, l'intensité de cette fonction régulatrice, bien loin de devoir décroître à mesure que l'évolution humaine s'accomplit, doit, au contraire, devenir de plus en plus indispensable, pourvu qu'elle soit convenablement conçue et exercée, puisque son principe essentiel est inséparable de celui même du développement. C'est donc la prédominance habituelle de l'esprit d'ensemble qui constitue nécessairement le caractère invariable du gouvernement, sous quelque aspect qu'on l'envisage. Puisqu'on ne saurait, sans doute, à aucun titre, faire d'exception, à cet égard, pour le gouvernement intellectuel, ou simplement scientifique, on peut ici concevoir directement l'anarchique irrationnalité de cette antipathie systématique contre toute doctrine générale quelconque, qui distingue si déplorablement la plupart des savans actuels, aveugles prôneurs d'une spécialisation routinière, affranchie de toute discipline philosophique, et dont l'essor trop exclusif finirait par arrêter tout progrès réel, en consumant les forces de notre intelligence sur des minuties de plus en plus misérables. L'esprit d'ensemble et l'esprit de détail sont également indispensables à l'économie sociale; ils doivent alternativement prédominer dans le cours spontané de l'évolution humaine, suivant la nature des principaux progrès que sa marche fondamentale réserve successivement à chaque époque: or, l'analyse approfondie des plus grands besoins de la société actuelle nous indique certes déjà, avec une irrécusable évidence, que si, pendant les trois derniers siècles, l'esprit de détail a dû être prépondérant, soit pour opérer la décomposition finale de l'ancienne organisation, soit surtout pour faciliter l'indispensable développement des élémens d'un ordre nouveau, c'est maintenant à l'esprit d'ensemble qu'il appartient exclusivement de présider à la réorganisation sociale, comme je l'établirai directement d'après l'exacte appréciation historique des sociétés modernes. Quoi qu'il en soit, après avoir ainsi préalablement signalé la destination élémentaire et constante du gouvernement, envisagé dans toute son extension philosophique, il faut maintenant expliquer, d'un autre côté, comment une telle action tend spontanément à se produire, indépendamment de toute combinaison systématique, suivant le cours naturel de l'économie sociale: ce qui complétera suffisamment notre appréciation préliminaire de la statique sociale proprement dite, autant que peuvent le comporter les limites nécessaires et le plan général de ce Traité.

Puisque cette universelle tendance dispersive, inhérente à la spécialisation fondamentale des travaux humains, a dû nécessairement, d'après les explications précédentes, exister sans cesse et même se développer de plus en plus, il a bien fallu aussi que l'influence proprement destinée à la neutraliser suffisamment ait été pareillement spontanée et susceptible d'un accroissement proportionnel, afin que l'économie sociale ait pu subsister et surtout poursuivre son essor continu. On peut, en effet, reconnaître aisément que, considérée sous un nouvel aspect général, cette répartition graduelle des opérations humaines doit inévitablement établir une subordination élémentaire toujours croissante, qui tend de plus en plus à faire naturellement ressortir le gouvernement du sein de la société ellemême, comme le montrerait directement l'analyse attentive de chaque subdivision un peu prononcée qui vient à s'introduire dans un travail quelconque. Cette indispensable subordination n'est pas seulement matérielle, comme on le croit d'ordinaire; elle est aussi et surtout intellectuelle et morale; c'estàdire qu'elle exige, outre la soumission pratique, un certain degré correspondant de confiance réelle, soit dans la capacité, soit dans la probité, des organes spéciaux auxquels est ainsi exclusivement confiée désormais une fonction jusque alors universelle. Rien n'est certainement plus sensible dans le système très développé de notre économie sociale, où chaque jour, par une suite nécessaire de la grande subdivision actuelle du travail humain, chacun de nous fait spontanément reposer, à beaucoup d'égards, le maintien même de sa propre vie sur l'aptitude et la moralité d'une foule d'agens presque inconnus, dont l'ineptie ou la perversité pourraient gravement affecter des masses souvent fort étendues. Une telle condition appartient nécessairement à tous les modes quelconques de l'existence sociale: si elle est mal à propos attribuée surtout aux sociétés industrielles, c'est uniquement parce qu'elle y doit être ordinairement plus prononcée, à raison d'une spécialisation plus intime; mais on la retrouve certainement tout aussi inévitable dans les sociétés purement militaires, comme le montre clairement, par exemple, l'analyse statique d'une armée, d'un vaisseau, etc., ou de toute autre corporation active d'un genre quelconque.

L'exacte appréciation scientifique de cette subordination élémentaire et spontanée en fait, ce me semble, nettement découvrir la loi principale, qui me paraît surtout consister en ce que les diverses sortes d'opérations particulières se placent naturellement sous la direction continue de celles d'un degré de généralité immédiatement supérieur. On peut aisément s'en convaincre en analysant avec soin chaque spécialisation quelconque du travail humain, à l'instant où elle prend un caractère nettement séparé; puisque l'opération qui se dégage ainsi est toujours nécessairement plus particulière que la fonction antérieure d'où elle émane, et envers laquelle son propre accomplissement continu doit demeurer ultérieurement subordonné. Sans que ce soit ici le lieu de développer convenablement une telle loi, destinée à constituer une des plus importantes conclusions finales de l'ensemble de ce volume, je ne crois pas devoir m'abstenir de signaler, dès ce moment, la nouvelle portée philosophique qu'acquiert ainsi le principe fondamental sur lequel j'ai fait toujours reposer, depuis le commencement de ce Traité, la hiérarchie scientifique, et qui maintenant, passant à l'état politique, tend finalement à fournir, par un autre ordre d'applications de la même idéemère, le premier germe rationnel d'une saine classification des fonctions sociales, nécessairement conforme au système réel des relations humaines. En continuant notre travail, et surtout dans la cinquanteseptième leçon, j'expliquerai spécialement la vérification de cette loi sociologique à l'égard de la vie industrielle des sociétés modernes: quant aux sociétés militaires, leur régularité plus parfaite y rend cette confirmation tellement évidente qu'elle n'exige aucun éclaircissement direct, quoique ce ne soit pas leur observation qui m'ait suggéré d'abord une telle pensée, d'origine essentiellement scientifique. Une fois admise, cette loi fait aussitôt comprendre la liaison spontanée de cette subordination sociale élémentaire avec la subordination politique proprement dite, base indispensable du gouvernement, et qui se présente ainsi comme le dernier degré nécessaire d'une hiérarchie de plus en plus étendue. Car, les diverses fonctions particulières de l'économie sociale étant dès lors naturellement engagées dans des relations d'une généralité croissante, toutes doivent graduellement tendre à s'assujétir finalement à l'universelle direction émanée de la fonction la plus générale du système entier, directement caractérisée par l'action constante de l'ensemble sur les parties, conformément aux explications précédentes. D'un autre côté, les organes nécessaires de cette action régulatrice doivent être puissamment secondés, dans leur propre développement naturel, par une autre conséquence inévitable de la répartition croissante des travaux humains, qui favorise éminemment l'essor fondamental des inégalités intellectuelles et morales. Il est clair, en effet, que cet essor doit rester presque entièrement comprimé tant que la confuse concentration primitive des opérations quelconques, réduisant l'homme à une vie essentiellement domestique, absorbe toute son activité principale pour la satisfaction continue des plus simples besoins de la seule famille. Quoique les différences individuelles vraiment tranchées se fassent certainement sentir dans un état social quelconque, cependant la division du travail, et le loisir qu'elle a pu procurer, ont été surtout indispensables au développement prononcé des prééminences intellectuelles, sur lesquelles repose nécessairement, en majeure partie, l'ascendant politique durable. Il faut d'ailleurs noter que les travaux intellectuels sont loin, par leur nature, de pouvoir comporter une subdivision réelle aussi détaillée que celle des opérations matérielles; en sorte qu'ils devraient pareillement être moins affectés de la tendance dispersive qui en résulte nécessairement, malgré la fâcheuse influence qu'ils ont dû en éprouver. On n'a plus besoin, sans doute, d'expliquer aujourd'hui la propriété essentielle de la civilisation de développer toujours davantage les inégalités morales, et encore plus les inégalités intellectuelles. Mais il importe de remarquer, à ce sujet, que les forces morales et intellectuelles ne comportent point, en ellesmêmes, une véritable composition totale, à la simple manière des forces physiques: aussi, quoique éminemment susceptibles du concours social, qu'elles seules même peuvent convenablement organiser, elles se prêtent beaucoup moins à la coopération directe; d'où doit résulter une nouvelle cause très puissante de l'inégalité plus radicale qu'elles tendent à établir entre les hommes. Qu'il ne s'agisse que de lutter de vigueur physique, ou même de richesse; quelle que puisse être la supériorité propre d'un individu ou d'une famille, une coalition suffisamment nombreuse des moindres individualités sociales en viendra aisément à bout: en sorte que, par exemple, la plus immense fortune particulière ne saurait soutenir, à aucun égard, une concurrence réelle avec la puissance financière d'une nation un peu étendue, dont le trésor public n'est cependant formé que d'une multitude de cotisations minimes. Mais, au contraire, si l'entreprise dépend surtout d'une haute valeur intellectuelle, comme au sujet d'une grande conception scientifique ou poétique, il n'y aura pas de réunion d'esprits ordinaires, pour si vaste qu'on la suppose, qui puisse aucunement lutter avec un Descartes ou un Corneille. Il en sera certainement de même sous le rapport moral; lorsque, par exemple, la société aura besoin d'un grand dévouement, elle ne pourra parvenir à le composer avec la vaine accumulation de dévouemens médiocres très multipliés. À l'un et à l'autre titre, le nombre des individus ne peut alors influer que sur l'espoir d'y mieux trouver l'organe essentiellement unique de la fonction proposée; une fois manifesté, il n'y aura point de multitude qui puisse faire équilibre à sa prépondérance fondamentale. C'est surtout à raison de cet éminent privilége, que les forces intellectuelles et morales tendent nécessairement de plus en plus à dominer le monde social, depuis qu'une convenable répartition des travaux humains a suffisamment permis leur développement propre.

Telle est donc la tendance élémentaire de toute société humaine à un gouvernement spontané. Cette tendance nécessaire est en harmonie, dans notre nature individuelle, avec un système correspondant de penchans spéciaux, les uns vers le commandement, les autres vers l'obéissance. Sous le premier aspect d'abord, il ne faut point, sans doute, regarder la disposition trop vulgaire à commander comme le signe d'une vraie vocation de gouvernement, qui doit être infiniment rare, à cause de l'éminente prépondérance qu'elle exige. C'est ainsi, par exemple, que les femmes, en général si passionnées pour la domination, sont d'ordinaire si radicalement impropres à tout gouvernement, même domestique, soit en vertu d'une raison moins développée, soit aussi par la mobile irritabilité d'un caractère plus imparfait. En une foule d'autres occasions, on peut également remarquer la tendance de l'homme à se croire surtout destiné aux attributions qui lui conviennent le moins, d'après l'illusion inaperçue qui fait si souvent regarder un vif désir comme un signe de vocation réelle. Quoi qu'il en soit, sans que la disposition à commander doive, par ellemême, indiquer aucune aptitude au gouvernement, il faut néanmoins reconnaître qu'elle est indispensable à son exercice, tant pour inspirer, à l'ensemble de la société, une confiance incompatible avec notre propre irrésolution, que pour permettre, au système personnel de nos facultés politiques, de développer toute l'énergie convenable, afin de pouvoir surmonter les inévitables résistances que doivent offrir les cas même les plus favorables: ce qui, chez une heureuse organisation, érige en une qualité réelle et importante le puéril orgueil du vulgaire. À un tel caractère prépondérant, doit correspondre et correspond, en effet, chez la plupart des hommes, une disposition inverse à l'obéissance, non moins prononcée dans la nature éminemment complexe de l'organisme humain. Si les hommes étaient spontanément aussi indisciplinables qu'on le suppose souvent aujourd'hui, on ne saurait aucunement comprendre comment ils auraient pu jamais être vraiment disciplinés. Il est, au contraire, évident que nous sommes tous plus ou moins enclins à respecter involontairement chez nos semblables une supériorité quelconque, surtout intellectuelle ou morale, même indépendamment de tout désir personnel de la voir s'exercer à notre avantage: et cet instinct de soumission n'est, en réalité, que trop souvent prodigué à des apparences mensongères. Quelque désordonnée que soit aujourd'hui, par suite de notre anarchie spirituelle, la soif universelle du commandement, il n'est personne, sans doute, qui, dans un secret et scrupuleux examen privé, n'ait souvent senti, plus ou moins profondément, combien il est doux d'obéir, lorsque nous pouvons réaliser le bonheur, de nos jours presque impossible, d'être convenablement déchargés, par de sages et dignes guides, de la pesante responsabilité d'une direction générale de notre conduite: un tel sentiment est peutêtre surtout éprouvé par ceux qui seraient les plus propres à mieux commander. À l'instant même des plus violentes convulsions politiques, quand l'économie sociale semble momentanément menacée d'une prochaine dissolution, l'instinct des masses populaires vient encore manifester spontanément, d'une nouvelle manière irrécusable, cette irrésistible tendance sociale, qui, jusque dans l'accomplissement des démolitions les plus révolutionnaires, leur inspire volontairement une scrupuleuse obéissance envers les supériorités intellectuelles et morales dont elles suivent spontanément la direction, et dont elles ont même souvent sollicité immédiatement la domination temporaire, éprouvant alors, par dessus tout, l'urgent besoin d'une autorité prépondérante. Ainsi, la spontanéité fondamentale des diverses dispositions individuelles se montre essentiellement en harmonie avec le cours nécessaire de l'ensemble des relations sociales pour établir que la subordination politique est, en général, aussi inévitable qu'indispensable; ce qui complète ici l'ébauche élémentaire de la statique sociale proprement dite.

La condensation et l'abstraction, peutêtre excessives, des principales conceptions indiquées dans les trois parties de ce chapitre, pourront d'abord mettre obstacle à leur juste appréciation directe: mais l'usage continu, quoique le plus souvent implicite, qui s'en fera naturellement en tout le reste de ce volume, dissipera, j'espère, suffisamment cette première incertitude, pourvu qu'on s'habitue, contrairement à nos usages, à accorder enfin aux méditations politiques le genre de contention intellectuelle qu'elles exigent. Dans ces trois ordres consécutifs de considérations statiques, la vie individuelle s'est montrée surtout caractérisée par la prépondérance nécessaire et directe des instincts personnels, la vie domestique par l'essor continu des instincts sympathiques, et la vie sociale par le développement spécial des influences intellectuelles; chacun de ces trois degrés essentiels de l'existence humaine étant d'ailleurs nécessairement destiné à préparer le suivant, d'après le cours spontané de leur inaltérable succession. Un tel enchaînement scientifique présente, en luimême, ce précieux avantage pratique de préparer, dès ce moment, la rationnelle coordination de la morale universelle, d'abord personnelle, ensuite domestique, et finalement sociale; la première assujétissant à une sage discipline la conservation fondamentale de l'individu, la seconde tendant à faire prédominer, autant que possible, la sympathie sur l'égoïsme, et la dernière à diriger de plus en plus l'ensemble de nos divers penchans d'après les lumineuses indications d'une raison convenablement développée, toujours préoccupée de la considération directe de l'économie générale, de manière à faire habituellement concourir au but commun toutes les facultés quelconques de notre nature, selon les lois qui leur sont propres.

Après cette indication préalable des théories élémentaires de la sociologie statique, nous devons maintenant procéder, dans tout le reste de notre travail, à l'étude sommaire, mais directe et continue, de la dynamique sociale, en consacrant d'abord la leçon suivante à une première appréciation fondamentale de l'évolution humaine, envisagée dans son ensemble total, conformément au véritable esprit général de la nouvelle philosophie politique, suffisamment caractérisée par l'avantdernier chapitre.